Farías, Carolina
    En el principio / Carolina Farías. – México : FCE, 2004
    40 p. : ilus. ; 23 x 19 cm – (Colec. Especiales A la Orilla
del Viento)
    ISBN 968-16-7174-0

    1. Literatura infantil I. Ser II. t

LC PZ7.   Dewey 808.068 F532e

Para Marze, Sara y Paco.

Primera edición: 2004

Coordinador de la colección: Daniel Goldin y Andrea Fuentes
Dirección artística: Mauricio Gómez Morin
Diseño: J. Francisco Ibarra Meza
Adaptación del texto: Marcelo Rodríguez Gaitán

D.R. 2004, Fondo de Cultura Económica
Carr. Picacho Ajusco 227, 14200, México, D.F.

www.fondodeculturaeconomica.com

ISBN 968-16-7174-0

Tiraje: 10 000 ejemplares
Impresora y Encuadernadora Progreso S.A. de C.V.
Impreso en México / *Printed in Mexico*

En el principio

Carolina Farías

LOS ESPECIALES DE
A la orilla del viento
FONDO DE CULTURA ECONÓMICA
MÉXICO

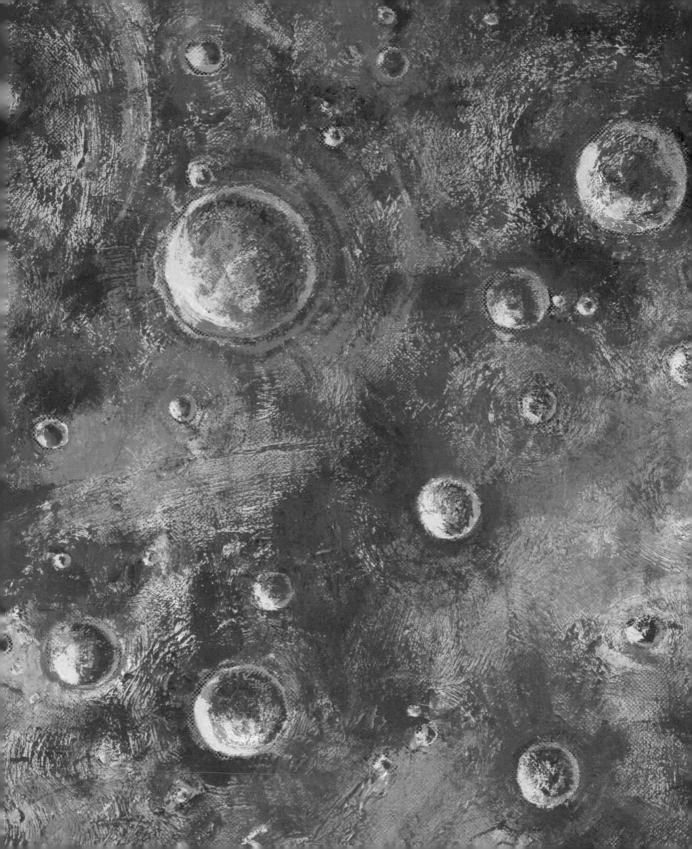

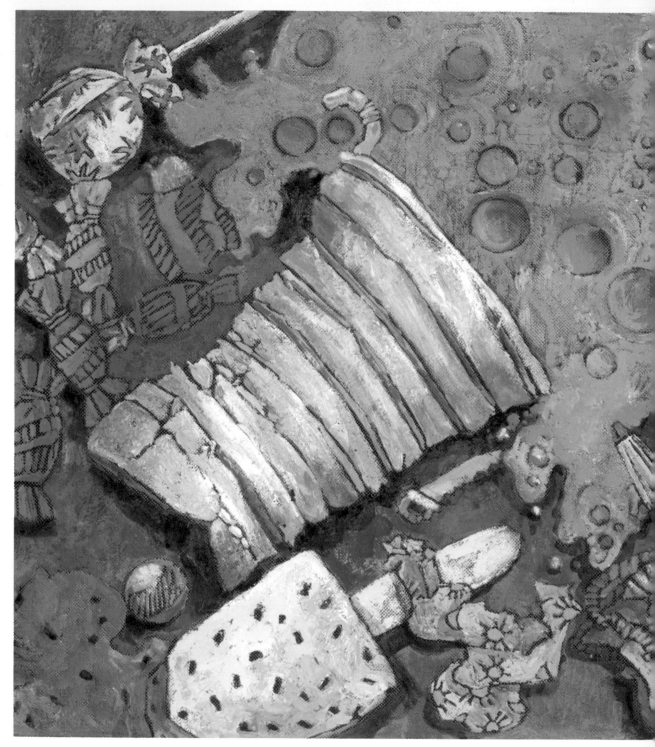

En el principio todo era un gran lío.

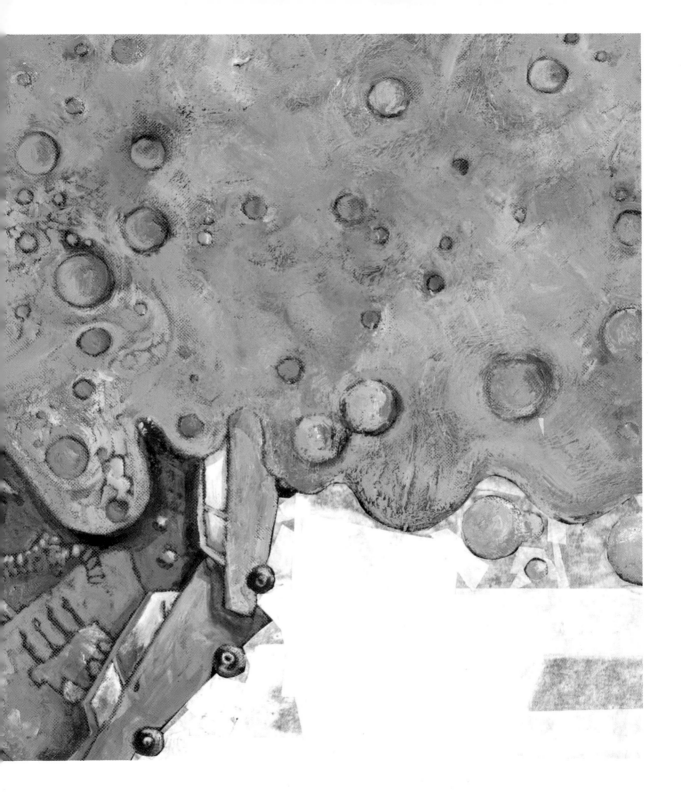

Un verdadero desorden.

De pronto se hizo la luz

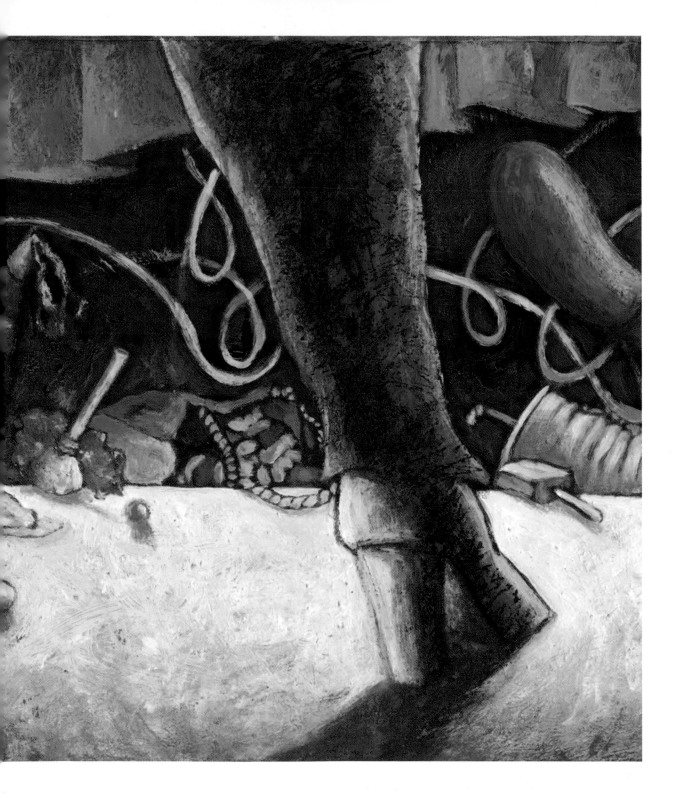

para aclarar las tinieblas y separar el cielo de la tierra.

A las aguas revueltas les dio calma y reposo.

Y apareció lo seco para el descanso de los mares.

Cubrió la tierra de plantas

**y colocó lumbreras para separar
el día de la noche.**

Y entonces apareció Él.

Para que dominara sobre los animales.

A su imagen y semejanza lo creó.

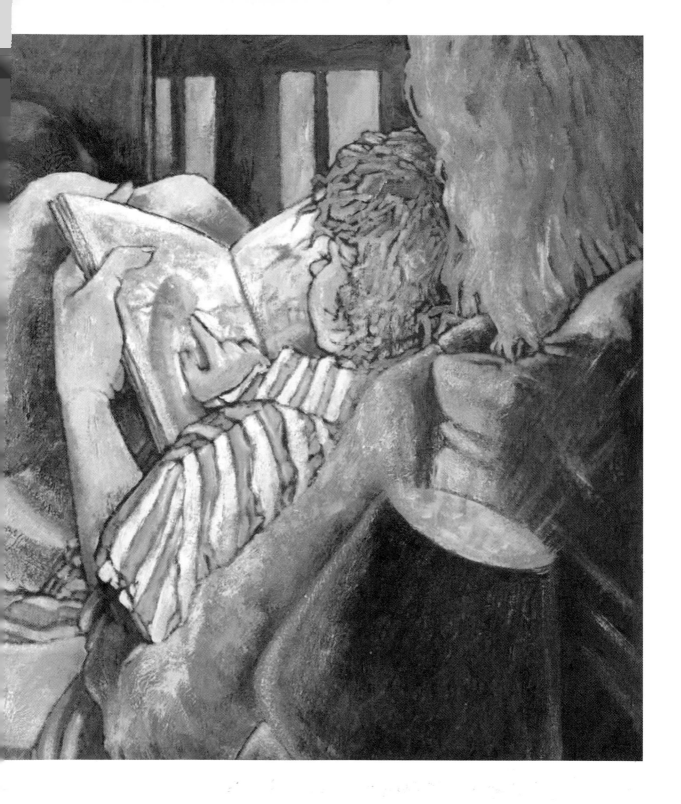

Entonces vio todo lo hecho y vio que era bueno.

Y dio por terminada su obra.

Y por fin descansó.

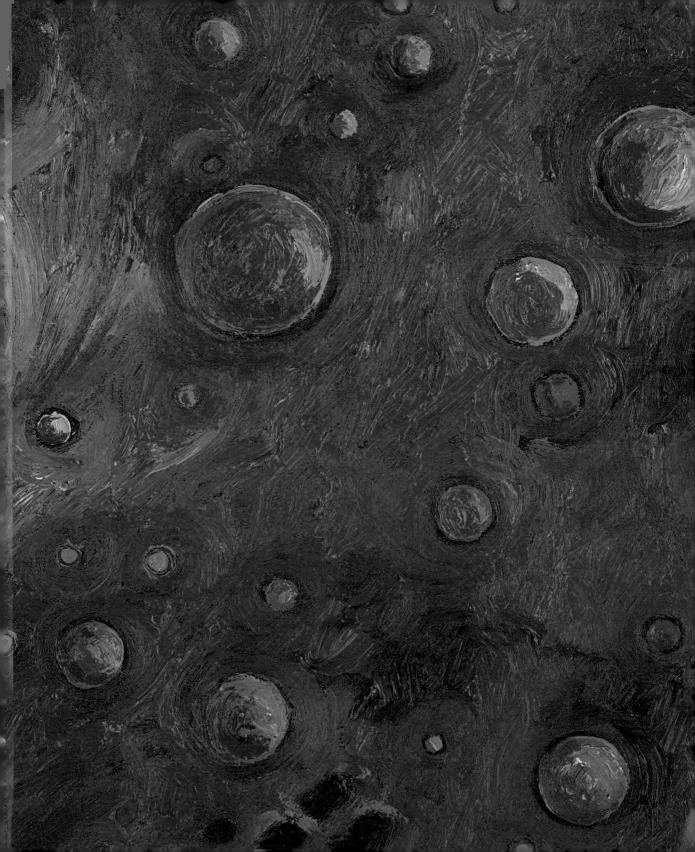